Para Maria Silvia y Francesca,
que querían un libro como este – M.H.

Para Lola, Lenny, Lucille i Babette – R.A

Título original: WELCOME TO THE FAMILY

Texto © Mary Hoffman, 2014
Ilustraciones © Ros Asquith, 2014
© Frances Lincoln Limited, 2014
Publicado por primera vez en Gran Bretaña y en EE.UU. en 2014
por Frances Lincoln Children's Books,
74-77 White Lion Street, Londres N1 9PF
Todos los derechos reservados

© de la traducción española:
EDITORIAL JUVENTUD, S.A.,
Provença, 101 - 08029 Barcelona
info@editorialjuventud.es
www.editorialjuventud.es
Traducción: Teresa Farran
Primera edición, 2014
ISBN 84-261-4073-9
DL B 4123-2014
Núm. de edición de E. J.: 12.764
Printed in China

BIENVENIDO A LA FAMILIA

Escrito por MARY HOFFMAN

Ilustrado por ROS ASQUITH

editorial juventud

Barcelona

¡Observa a estas personas!

Algunas personas piensan que vivir solo puede ser divertido.

A otras la soledad las entristece un poco.

Algunos adultos optan por
vivir con un grupo de amigos.

Otros prefieren vivir solo
con otra persona.

Dos personas que se quieren
pueden querer tener hijos y
formar una familia.

Cuando nace el bebé, suele ser muy bien acogido.

Y luego pueden tener más.

A veces, si una pareja no puede tener hijos, adopta a un bebé o a un niño. Eso significa que buscan a un niño que no puede vivir con su familia de origen porque sus padres biológicos no pueden cuidar de él.

Cuando eso ocurre, el bebé o el niño necesita encontrar una nueva familia adecuada para él.

Una persona sola
también puede ofrecer
una familia cariñosa.

Sube a ver
tu nueva
habitación.

Un niño adoptado es tan
bienvenido como cualquier otro.
Y sus nuevos padres se
convierten en su madre
y su padre de verdad.

Algunos bebés o niños no pueden quedarse siempre con sus padres biológicos. A veces, otra familia cuida de ellos durante un tiempo hasta que sus padres biológicos puedan volver a ocuparse de ellos.

Esta otra familia se llama familia de acogida, y en ella los niños son muy bien recibidos.

Normalmente, los niños pueden
ver a su familia biológica
mientras están viviendo con
la familia de acogida.

En algunos países, dos mamás o
dos papás pueden formar una familia
si adoptan o acogen niños.

A veces, por mucho que una pareja se quiera
y desee tener una familia, el bebé no llega y
entonces buscan la ayuda de los médicos.

Para hacer un bebé se necesitan dos células:
una de hombre y otra de mujer.

Cuando no se puede tener un bebé de manera natural,
los médicos pueden ayudar a fusionar las dos células.

Vengo de una
probeta.

Creía que
venías de
Sevilla.

Después, las células fusionadas se colocan dentro
de la barriga de la mujer para que crezcan, igual
que cualquier otro niño. Hoy en día se gestan
millones de bebés de este modo.

Así te hicimos
a ti.

FIV
BEBÉS

En el caso de que dos mujeres quieran ser mamás, necesitan una célula masculina para hacer un bebé con la célula de una de las dos. Pueden obtenerla a través de un amigo o buscar una célula masculina en una clínica especializada.

¿Es tu bebé o lo llevas para otra persona?

Cuando dos hombres quieren ser papás, necesitan una célula femenina, y además una mujer que geste el niño en su barriga. Puede ser una amiga o alguna mujer desconocida.

Mis papás están buscando una mamá para tener un nuevo bebé.

Entonces tendremos TRES hijos.

A veces una familia crece inesperadamente cuando una mamá o un papá encuentran un nuevo compañero que ya tiene hijos. Las dos familias se mezclan y forman una familia reconstituida. Pero no siempre resulta fácil.

A veces se requiere tiempo para que los niños se adapten y se lleven bien entre ellos y para que acepten que una nueva persona les haga de mamá o de papá. También pueden estar preocupados por la mamá o el papá que ya no vive con ellos.

Las familias son complicadas. Cuando no son felices,
la vida puede ser muy difícil, porque los miembros
de la familia se conocen muy bien entre ellos.
Saben qué te molesta y lo que te traerá
problemas con tus padres.

Pero cuando las familias son felices, son estupendas.
El amor entre hermanos y hermanas puede perdurar
toda la vida.

Siempre han existido varios modos de formar una familia. Tal vez habrá aún más en el futuro...

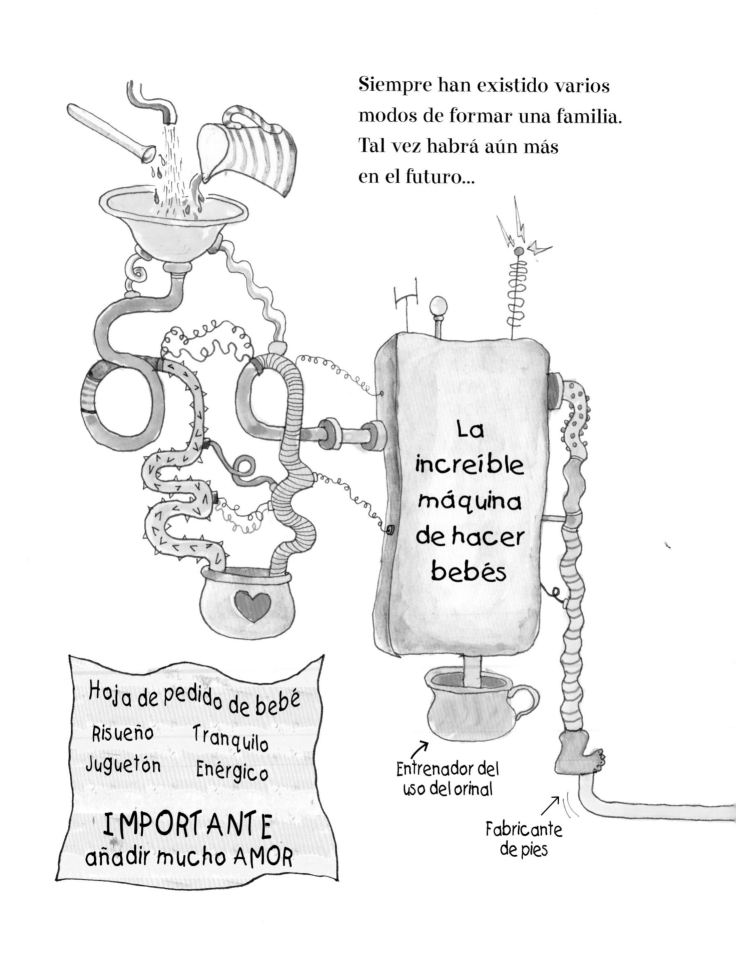

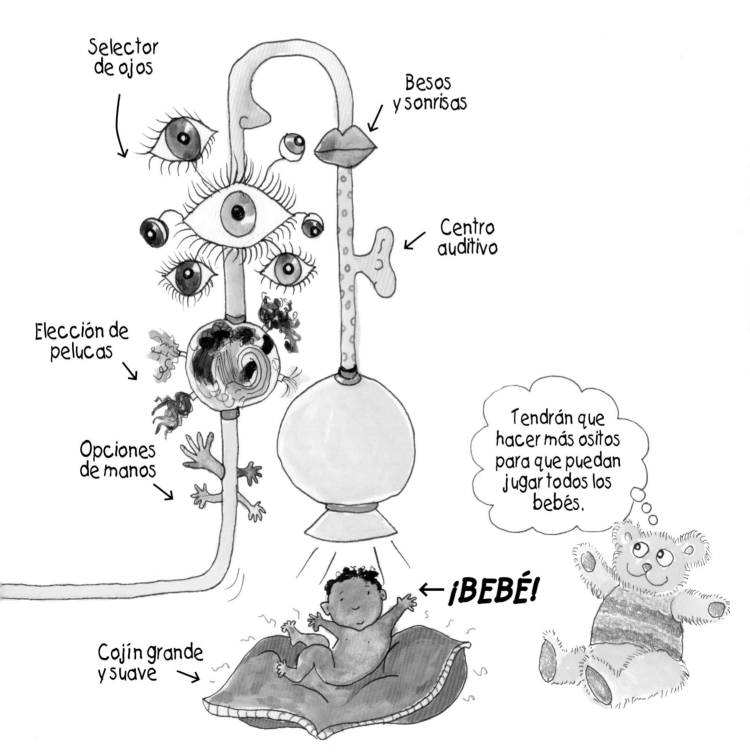

Una cosa está clara: siempre
habrá nuevos niños y todos
necesitarán familias.
Lo más importante
es que te sientas feliz
con tu familia.

¡Bienvenido a la familia,

comoquiera que hayas llegado!

¿Cómo llegaste a tu familia?